BIBLIOTHÈQUE

DU PREMIER AGE

LE DERNIER JOCRISSE

SAINT-DENIS. — TYPOG

LE

DERNIER JOCRISSE

PAR

TH. MIDY

ILLUSTRÉ DE 18 SUPERBES GRAVURES A DEUX TEINTES

PARIS

LIBRAIRIE D'ÉDUCATION, A. COURCIER, ÉDITEUR

Boulevard Sébastopol (Rive gauche), 13.

Nicodème Cochegru apprend à lire.

Librairie A. COURCIER, Boul[t] Sebastopol, 1[illegible] (r. g.)

LE

DERNIER JOCRISSE

I

LES DEUX BREVETS

C'ÉTAIT dans l'un des villages les plus pauvres et les plus arriérés de la basse Normandie que vivait une famille de cultivateurs.

Tous ses membres étaient d'honnêtes gens, sobres, laborieux, craignant Dieu, mais par malheur le plus instruit d'entre eux savait à peine lire, et tous simples, d'esprit comme de cœur.

Le plus jeune enfant de cette famille était venu au monde à la fin du siècle dernier, et ses parrain et marraine lui avaient donné les noms de Jean-Gilles-Nicodème, auxquels fut ajouté le nom de Cochegru, qui était celui de son père.

Les années se passèrent, Nicodème grandit dans la plus parfaite ignorance de tout ce qu'il aurait dû apprendre ; au physique, il excitait à la fois l'attention et le rire, car il était long et mince comme une asperge, avait de larges pieds et de larges mains, des joues coquelicot et des yeux bleu faïence ; de plus, un sourire niais qui courait d'une oreille à l'autre, le tout encadré dans une chevelure plate et dorée, dont on trouverait bien difficilement la pareille.

Comme alors des écoles s'ouvraient de tous côtés et que beaucoup de gens commençaient à rougir de leur ignorance, le père Cochegru, qui aurait bien voulu avoir un savant dans la famille, envoya Nicodème à l'école la plus voisine, mais le seul résultat qu'en obtint son fils fut d'épeler tant bien que mal dans les lettres moulées, et encore fallait-il qu'elles fussent d'une certaine dimension ; quant à lire dans l'écriture, le maître déclara qu'il n'y mordrait jamais.

Voilà donc Nicodème revenu chez son père avec un brevet d'incapacité bien en règle et prenant désormais sa part des travaux de la maison.

Ainsi : mener paître la vache et les chèvres ; faire de l'herbe pour les lapins, devint pour lui l'occupation des jours de la semaine.

Le dimanche venu, Nicodème, qui était soigneux de sa personne, se lavait au puits la figure et les mains, prenait en cachette un peu de saindoux au buffet, afin de simuler la pommade dont les jeunes filles coquettes du village oignaient leurs cheveux, et, de ce qui lui restait aux mains frottait ses souliers afin de remplacer le cirage absent, et de plus bouchonné, et vêtu d'un habillement complet ventre de biche.

Le reste de la journée était consacré aux amusements de son âge; mais loin de s'y montrer adroit et inventif comme la plupart de ses camarades, il y était lourd, gauche et maladroit, et s'en revenait chez lui lorsque arrivait l'heure, clopin clopant, racontant ses mésaventures à tous les gens qu'il rencontrait, et comment on l'avait berné, roulé, battu; si bien que comme jamais il ne rendait les coups, ni ne cherchait à se venger, les gens de son village l'avaient décoré du surnom d'Innocent. Ce fut donc un nouveau brevet que le jeune Cochegru dut ajouter à celui qui déjà lui avait été délivré par le maître d'école pour son incapacité reconnue. Néanmoins, et malgré son peu d'intelligence, si Nicodème fut resté dans son pays ensemençant avec son père et son frère aîné les champs qui leur donnaient leur pain quotidien, il eût pu se faire illusion sur sa bêtise phénoménale, mais le pauvre garçon était tourmenté du désir de voir Paris, et ce désir, en se réalisant, lui apporta une foule d'ennuis.

Avant de vous en faire le récit, je dois vous dire d'abord qu'un des attachements les plus vifs que renfermait le cœur de Nicodème avait pour objet un jeune homme de quelques années plus âgé que lui, que sa mère, Jeanne Cochegru, avait nourri.

C'est pourquoi, presque chaque année, Isidore Beauvisage venait passer le temps des vendanges chez sa nourrice, car son père, qui était un homme bien pensant, disait qu'une nourrice est une seconde mère.

Aussi Nicodème se réjouissait-il par avance en voyant les pommes mûrir, parce que cela lui annonçait que l'époque était proche où le pressoir les convertirait en cidre mousseux, ce vin blanc de la Normandie, et du même coup amènerait le jeune Beauvisage.

Isidore arrivé, Nicodème l'accaparait, le suivait comme son ombre, et ne lui parlait de rien autre chose que de ne plus le quitter, de le suivre à Paris et d'y être attaché à son service.

Touché de l'amitié que lui témoignait ce dernier rejeton des Cochegru, Isidore lui promit de le faire venir près de lui, dès que l'âge arrivé il serait associé aux affaires de son père, marchand de vins en gros dans le quartier de l'Hôtel-de-Ville.

Désireux de remplir le poste important vers lequel était dirigée son ambition, Nicodème trouvait le temps long, mais un beau matin une lettre d'Isidore Beauvisage vint, qui appelait Nicodème à Paris.

Le père ni la mère Cochegru ne mirent aucun empêchement à l'exécution de ce projet, car ils espéraient que leur fils se dégourdirait à Paris ; aussi, le lendemain sans plus attendre, Nicodème portant son paquet au bout d'un bâton et lesté d'une pièce de cinq francs toute flambante neuve, quittait la maison paternelle. Moins de trois jours après il arrivait chez M. Beauvisage à Paris.

Départ de Nicodème pour Paris

Imp Becquet à Paris

II

NICODÈME A PARIS.

DANS les premiers temps de son installation, la tâche de Nicodème fut aisée à remplir, car il y avait une bonne chez M. Beauvisage pour faire l'appartement, préparer les repas, savonner et raccommoder. Le jeune Cochegru n'avait donc qu'à brosser les habits et cirer les chaussures d'Isidore.

Il avait de plus, comme il le disait lui-même élégamment, à *rapproprier* la chambre et le cabinet de toilette de son maître ; or, *ce rappropriement* se composait d'un coup de poing au lit, d'un coup de balai sur le parquet, et d'un coup de plumeau sur les meubles les plus en vue.

Par malheur pour notre héros, M. Beauvisage résolut d'entreprendre une longue tournée dans les départements vinicoles de la France, afin d'y faire de nombreux approvisionnements; et, comme c'était un homme fort économe, pour ne pas dire

2

plus, avant son départ il congédia sa cuisinière, laissant son fils s'arranger comme il lui plairait pour sa nourriture.

Ce n'était pas une difficulté, car Isidore ayant beaucoup d'amis, dînait tantôt chez l'un, tantôt chez l'autre, et au restaurant; Nicodème ne s'occupait que du déjeuner.

En outre, il reçut un franc par jour en sus de ses gages pour son repas du soir; c'était de la besogne de plus, mais une besogne qui lui plaisait, qui rentrait dans ses goûts.

Ce qui lui plaisait moins, c'était de porter des lettres, des factures, car ne pouvant lire les adresses, et ne connaissant pas Paris, il lui fallait à chaque pas demander les rues, les numéros et les noms des personnes à des passants qui se faisaient un plaisir de l'égarer, et qui, le plus souvent, lui riaient au nez, en voyant ses cheveux roux, et sa physionomie accompagnés d'un accent bas normand des plus prononcés. Il y avait bien aussi son accoutrement ventre de biche et ses bas bleus qui excitaient l'hilarité en rappelant un personnage très-connu qu'on voyait au Théâtre des Variétés et auquel il ressemblait trait pour trait, nous voulons parler de Jocrisse.

De tout cela je puis vous parler savamment, car demeurant dans la même maison que M. Beauvisage et tenant ses livres, je voyais journellement Nicodème Cochegru, pas dès les premiers moments de son arrivée cependant, car j'avais dû m'absenter six semaines pour les intérêts de la maison Beauvisage.

III

UN DOMESTIQUE QUI PREND LES INTÉRÊTS DE SON MAITRE.

A peine de retour, je n'eus rien de plus pressé que de me rendre à mon poste et je m'en vins sonner un matin d'assez bonne heure chez mon patron.

Le père étant absent, le fils étant sorti, ce fut Nicodème qui m'ouvrit. Voici comment les choses se passèrent, et le dialogue qui s'établit entre nous :

Je désirerais parler à M. Beauvisage.

Nicodème. Ce n'est pas moi, monsieur.

Je m'en aperçois; mais sans doute on peut le voir, car c'est bien ici qu'il demeure. Et en disant cela, je jetais un coup d'œil dans l'intérieur, afin de me reconnaître, car en voyant la singulière figure que j'avais devant les yeux, je croyais presque m'être trompé d'étage, et je répétai ma demande : c'est bien ici qu'il demeure, n'est-ce pas?

Nicodème. Il n'y demeure pas beaucoup, vu que presque toujours il est dehors; mais ce logement-ci est le sien, pas moins.

Et croyez-vous qu'il tarde beaucoup à rentrer, car d'après ce que vous dites...

Nicodème. Oh! moi, je ne dis rien, car ce serait trop long, mais si voulez vous asseoir...

Je vous suis obligé, je suis très-bien debout.

Nicodème. Certainement que de toutes les façons vous êtes toujours très-bien. —Mais moi, vous comprenez, je vous offre un siége, parce que ça se fait, c'est l'usage.

Encore une fois, non; je demeure au-dessus et j'aime mieux monter chez moi.

Nicodème. Ah! je vois ce que c'est, vous êtes M. Richard, un de ses amis qu'il attend et qui tient sa caisse et ses livres... quand il est ici pour les tenir. Ah! monsieur! quel bonheur pour moi.

Je le souhaiterais, mais je ne vois pas trop en quoi cela peut être heureux pour vous...

Nicodème. Vous demandez en quoi? Ça n'est pourtant pas bien malin à deviner. Étant l'ami de mon maître,—vous lui donnerez de bons conseils, afin qu'il ne se mette pas en colère après moi, comme il fait toujours... que ça me désole, sans compter que c'est injuste.

Comment, mon ami, vous vous plaignez de votre maître; c'est pourtant un charmant garçon qu'Isidore.

Nicodème. A qui le dites-vous. — Je sais aussi bien que vous que c'est un homme qui n'a rien à lui; aimant à obliger, et qui serait capable de passer dans le feu pour un ami... s'il y était forcé.

Et cependant vous avez avec lui du désagrément; mais pour des riens sans doute.

Nicodème. Puisque vous êtes assez bon pour m'écouter, asseyons-nous — en l'attendant, — ça vous désennuiera, et vous jugerez lequel à tort de nous deux. — Ainsi, notre première castille est venue de ce que, ne sachant pas lire, que sur les affiches en très-gros caractères, et ayant pris ses intérêts, il y a trouvé à redire, pourtant j'avais fait de mon mieux.

Je n'en doute pas.

Nicodème. Nous disons donc qu'un jour voilà qu'il m'envoie rue Jean-Jacques-Rousseau, à la poste restante pour y prendre une lettre venant de l'Angleterre. L'employé,—je crois le voir encore, un beau gros brun m'allonge une lettre, pas plus grande que ça—(il montre son doigt) et passe à une autre personne qui attendait là, en me disant : c'est trois francs cinquante; il avait fait ça parce que, à cause de mon air... et de... enfin bref, il croyait avoir affaire à un sot. Mais moi pas bête, je me dis : si je n'emporte que ce brimborion je suis volé, car bien sûr il n'y en a pour pas trois francs cinquante là dedans.

Si c'était douze ou quinze sous, je ne dis pas! Enfin, bref, pour vous en finir, tout doucement et sans faire semblant de rien, je repousse la petite lettre derrière le grillage, et j'en prends une autre, d'une bonne dimension, avec trois superbes cachets rouges... tout ce qu'il y a de mieux...

Voilà qui était fort adroit!

Nicodème. N'est-ce pas que ça l'était? Eh bien, vous me croirez si vous voulez, M. Isidore n'en a pas voulu! et il m'a traité de niais, de sot, d'imbécile! — Oui, monsieur, d'imbécile! et, il m'a ordonné d'aller chercher la petite lettre de rien du tout, et de reporter l'autre, — la belle, qui valait cent pour cent de plus.

Hein? Qu'est-ce que vous dites d'une lubie pareille? Faut-il qu'il *soie* original? — Je vous le demande, le faut-il ?

Comme j'allais répondre, comprimant à grand'peine une envie de rire qui m'étouffait, un violent coup de sonnette se fit entendre annonçant le retour du maître et mit fin pour ce matin-là aux confidences de Nicodème qui n'eût que le temps de poser l'index sur ses lèvres en signe de silence avant d'aller ouvrir.

Nicodème refuse une petite lettre pour en prendre une plus grosse.

IV

COMMENT IL SE FAIT QUE NICODÈME SOIT LE FRÈRE DE LAIT D'ISIDORE.

partir de ce jour-là, Nicodème qui avait pris en moi, je ne sais pourquoi, une confiance illimitée, Nicodème ne passait pas un jour sans me raconter toutes ses balourdises et les querelles qu'à cause d'elles il subissait journellement de son maître, de l'ingratitude duquel il se plaignait; car enfin, disait-il, lorsqu'il avait la tête montée, non-seulement M. Isidore et moi nous sommes *presque* frères de lait, mais encore j'ai quitté pour venir avec lui, mes chèvres, ma vache et ma mère; mon père, mon frère et mes dindons!

— Que vous ayez quitté tout cela pour le suivre, cela prouve votre attachement pour Isidore et je le comprends, lui dis-je, mais que vous soyez presque son *frère de lait*, voilà ce que je ne comprends pas.

Nicodème. C'est pourtant bien facile, et ça vient de ce que, quand ma propre mère a nourri M. Isidore, n'étant pas encore venu au monde, je n'ai pas pu l'*être* par moi-même, et alors, c'est Pierre, mon aîné, qui a huit ans de plus que moi, qui s'est trouvé l'être à ma place. Mais vous pouvez voir par là que, si je ne le suis pas, il ne s'en est guère fallu que je ne le sois, — et du reste, je peux me vanter que je l'aime autant que si je l'étais ! — Avez-vous compris maintenant?

Parfaitement, et je vois qu'en effet, si vous n'êtes pas frères de lait, il ne s'en faut que de bien peu !

Nicodème. De huit ans... tout au plus.

V

PERSÉVÉRANCE ET CROYANCE DE NICODÈME.

La mauvaise saison était venue, une pluie continuelle attristait Paris, et je rentrais un jour d'assez mauvaise humeur, car ayant oublié mon parapluie j'avais été mouillé jusqu'aux os.

Comme je montais rapidement chez moi pour changer de vêtements, je fus arrêté au passage par Nicodème qui avait guetté mon retour.

— Oh! M. Richard, me dit-il, que je suis donc content de ce que vous avez reçu cette averse admirable, et comme ça se trouve bien que vous êtes trempé, il y a un feu excellent dans la salle à manger et vous vous y sécherez en moins de rien...

Sans compter que vous avez, j'en suis certain, quelque chose de neuf à me dire.

Nicodème. Et vous m'en direz des bonnes nouvelles : vous savez que depuis l'affaire de la lettre, M. Isidore avait l'air de se méfier de moi, de croire que je manquais d'intelligence; mais je m'y suis pris de manière qu'il a changé d'opinion.

— Je m'en rapporte à vous, car je sais à présent de quoi vous êtes capable.

Nicodème. Monsieur est bien bon; mais pour en revenir à mon histoire, elle vous amusera d'autant plus qu'elle a du rapport avec la pluie que vous venez de recevoir.

Nous disons donc que c'était sur le tantôt et qu'il avait plu des hallebardes toute la matinée. Mon maître rentre: Va, qu'il me dit, sur la place des fiacres qui est auprès de ma tante, et là, tu t'informeras de celui qui m'a descendu chez elle, parce que j'ai laissé dedans mon parapluie que j'ai peur qui ne *soie* flambé... surtout de ce que je n'ai pas pris le numéro de la voiture.

— Est-ce que, par hasard, vous l'auriez retrouvé, car c'était une difficulté de ne pas avoir le numéro?

Nicodème. Si je l'ai retrouvé. Je le crois bien; mais il m'a fallu faire des tours et des *ratours*, vous ne pourriez jamais vous le figurer!.. Enfin, ça n'y fait rien, je l'ai donc retrouvé, mais je me suis dit : Si tu lui rapportes cet objet purement et simplement, tu connais ton maître, il va encore te chercher des raisons, te dire que ce n'est peut-être pas au même fiacre que tu t'es adressé, et patati et patata..... Là-dessus, je n'en fais ni une ni deux, je monte dans le fiacre et je lui dis de me ramener ici, parce que je pense qu'en reconnaissant la voiture il verra bien que c'est dans la même où il avait laissé son parapluie que je l'ai retrouvé.

— Vous comprenez, pas vrai?

— Parfaitement, et je trouve, mon cher Nicodème, que vous avez eu là une idée lumineuse.

Nicodème. Ah! mais ce n'est pas tout, vous allez voir; arrivé ici, mon maître n'y était plus; un autre se serait trouvé sot, mais moi qui connais ses habitudes, je me dis : en allant chez les deux ou trois amis où il dîne d'ordinaire, je ne peux pas manquer de le rejoindre, et fouette, cocher.

— Vous êtes persévérant.

Nicodème. Vous en verrez bien d'autres :

Au bout de trois courses inutiles, voulant ménager l'argent de mon maître, je m'arrange à l'heure avec le cocher et nous repartons barrière d'Enfer chez un autre de ses amis, il y était bien venu, mais il était sorti depuis deux heures pour aller à l'Opéra. Il pouvait être neuf heures, il y en avait cinq tout au plus que j'avais pris le fiacre — un peu plus un peu moins, voilà la réflexion que je me fais, et comme en ce moment-là il *repleuvait à siaux.* Nous allons prendre la file à l'Opéra, pour qu'au moins en sortant mon maître ne *soie* pas mouillé... C'était une attention ça, je pense... Enfin, bref, pour vous en finir, mon maître me trouvant là... par un temps affreux... à plus de minuit... avec un fiacre et un parapluie, se montra d'abord assez satisfait. — Ça, c'est une justice à lui rendre, mais lorsque nous sommes arrivés ici et que le cocher lui a demandé dix-huit francs et son pourboire, — comme de juste, c'est là qu'il a montré son mauvais caractère... pourtant il a payé et vous croyez peut-être que c'était fini? Ah ben ouich! J'ai eu des raisons! j'en ai eu que c'est une permission du ciel si je n'en ai pas perdu l'esprit...

— Mais comment cela a-t-il fini?

Nicodème. Vous me croirez ou vous ne me croirez pas, quand je vous dirai, qu'après m'avoir... *agoni* de sottises, et après que je lui ai tout expliqué comme je viens de vous l'expliquer, à vous, il s'est mis à rire comme un bossu, car il est fin, mais il voyait bien que cette fois-ci je l'avais été plus que lui.

Après cette aventure, c'en fut une autre, puis une troisième que me raconta Nicodème, cela n'avait pas de fin et chaque jour amenait un événement qui mettait en évidence la simplicité du pauvre bas Normand.

Nicodème apporte un parapluie à son maître.

VI

LE MONOLOGUE DE NICODÈME

ou

De quelle façon le jeune Cochegru se guérissait des maux d'estomac.. qu'il n'avait pas.

Un matin qu'Isidore était monté chez moi de bonne heure pour me demander de mettre en ordre certains papiers qu'il lui fallait envoyer à son père, je redescendis avec lui et je m'installai dans mon bureau voisin de la salle à manger et qui n'en était séparé que par une porte vitrée seulement, tandis que lui s'en allait régler quelques comptes à Bercy.

J'étais établi devant mes registres, et déjà mon travail touchait à sa fin lorsque Nicodème, qui ne m'avait pas vu entrer, revint du dehors avec les provisions nécessaires pour le déjeuner de son maître et le sien.

Il me parut plaisant de ne rien dire, de ne pas lui faire savoir que j'étais là, et d'assister derrière le rideau à la scène amusante que je vais vous décrire, et qui m'apprit ce que j'avais ignoré jusque-là, à savoir que Nicodème Cochegru se parlait à haute voix lorsqu'il était seul, afin sans doute de se faire à lui-même une compagnie.

D'abord ce ne furent que de sourds murmures, des plaintes inarticulées au sujet de la fatigue dont il se sentait accablé.

Mais bientôt la pendule en sonnant, le tira de son apathie, et, mu comme par un ressort, il se leva du siége sur lequel il s'était jeté en entrant et se trouva debout et tirant la table au milieu de la pièce.

J'écoutai attentivement, et voici ce que j'entendis et ce que je vis.

— Tiens! voilà dix heures qui sonnent! et mon maître n'est pas revenu! c'est pourtant l'heure du déjeuner : heureusement que j'ai là tout ce qu'il nous faut, et que je puis mettre le couvert pour m'avancer... en l'attendant.

D'abord cette petite terrine de foie gras; il aime beaucoup ça, moi aussi : à côté le pâté, ils sont à se lécher les doigts dans cette maison-là; et puis en face, du jambon fumé comme d'habitude, pour finir, voici deux petits fromages. — J'en prends toujours deux parce que je ne veux pas le priver du sien.

Là-dessus Nicodème s'assit gravement et donna un coup d'œil de satisfaction sur le menu du déjeuner, mais se relevant aussitôt, et reprenant son monologue : Tiens! la charcutière qui a mis une petite tranche à côté de la grosse... C'est sans doute pour faire le poids, mais il ne faut que des yeux pour voir que ça dépare l'assiette. Si je le prenais, moi, avec deux bouchées de pain — en attendant, car enfin depuis le matin je n'ai pas mis sous ma dent ce qui tiendrait dans mon œil!...

— Alors je pus voir Nicodème se couper un énorme chiffon de pain et placer dessus la tranche en question qu'il mangeait tout en se promenant, après quoi, arrangeant l'assiette et remettant la tranche de jambon au milieu : Là, dit-il d'un air de satisfaction, je le savais bien que ça serait mieux comme ça, il n'y a pas de comparaison, c'est bien plus cossu!

Mais c'est drôle, comme je me sens le cœur fatigué et tout barbouillé!

Si je prenais une goutte de cassis, avec deux ou trois biscuits, — ça se passerait peut-être..... et, sur cette belle réflexion, Nicodème prit dans l'armoire un flacon de cassis dont il remplit un verre, après quoi il y trempa plusieurs biscuits qui s'imprégnèrent aussitôt de la liqueur. — Tiens! c'est drôle, dit-il, en les portant à sa bouche, ils sont plus lourds qu'à l'ordinaire, — ah, je sais! c'est que ceux-ci sont à la vanille!...

Une chaise que je renversai maladroitement donna l'éveil à Nicodème, en sorte que ne pouvant plus déguiser ma présence, je sortis de mon cabinet de travail comme si je ne savais pas qu'il fût là. — Tiens! vous voilà, lui dis-je, et en bonne disposition à ce que je puis voir, — mais, dites-moi, est-ce que M. Beauvisage n'est pas revenu?

— Pas encore, et c'est à cause de ça, parce qu'il est en retard, — comme d'habitude, que j'ai cru de prendre une goutte de cassis... en attendant le déjeuner.

— Comme d'habitude aussi, répondis-je en riant.

— Faut pas rire, monsieur Richard, car c'est ce qui me sauve, vu que c'est souverain pour les maux d'estomac... C'est même ce qui m'a ôté tous ceux que j'aurais pu avoir depuis que je suis à Paris, — car je fatigue tant dans cette maison-ci; — aussi je n'en ai jamais eu!

Je vois que M. Nicodème a du goût pour les friandises, et qu'il a laissé de côté le solide pour les sucreries.

Nicodème. Oh! pardon, je n'ai pas de préférence, j'aime tout ce qui est bon généralement. Non, je ne suis pas un homme sur sa bouche, je ne mange que lorsque j'ai faim; mais comme le travail donne de l'appétit, j'aimerais avoir mes repas réglés; — c'est bien le moins, n'est-ce pas?... Eh bien, vous me croirez, si vous voulez, ici c'est impossible...

Une personne qui arriva, et qui dut attendre le retour d'Isidore, mit fin pour ce jour-là aux plaintes de Nicodème, qui, sans nul doute, devaient recommencer le lendemain.

Le jeune Cochegru prend soin de son estomac.

Librairie A COURCIER Boul^t Sebastopol 15 (r. g.)

VII

OU LE JEUNE COCHEGRU CHERCHE UN IMPRIMEUR ET TROUVE UNE LAITIÈRE.

Le lendemain, en effet, au moment où je venais d'entrer au bureau pour décacheter la correspondance, ainsi que j'en avais l'habitude, Nicodème vint me souhaiter le bonjour : — Ah! dit-il, j'ai à vous conter une drôle d'histoire, une histoire d'hier, qui vous montrera que mon maître n'est pas seulement difficile à servir, mais qu'encore il est étourdi au possible, et ne sait pas seulement expliquer clairement une adresse...

— Voyons l'histoire, dis-je en prenant un énorme paquet de plumes que je me mis à tailler.

— Nous disons donc qu'hier, sitôt que vous avez été parti, M. Isidore me donne une lettre pressée à porter : Va, qu'il me dit, — c'est rue des Marais, n° 15, il y a un imprimeur dans la maison. Moi, qui naturellement ne peux rien lui refuser, je me mets en chemin de mon pas accéléré; aussi, en moins d'une heure j'étais revenu... — avec la lettre — n'ayant pas trouvé...

— Imbécile! que me dit M. Isidore, sans seulement me donner le temps de m'asseoir ou de me raffraichir, comme je fais toujours en revenant de course, — imbécile, tu n'as donc pas trouvé l'imprimeur que je t'avais si bien enseigné?

— Pardine, que je lui dis, certainement que je ne l'ai pas trouvé, puisqu'il n'y en a pas; c'est une crémière qui tient la maison, une maison garnie... à ce qu'elle m'a dit...

— Comment! que me répond M. Isidore, une crémière? Allons donc, ça n'est pas possible!

— Pas possible? Mais puisque j'en deviens, et puisque je vous dis que c'est une crémière!

— Par quel bout y es-tu donc entré dans la rue des Marais?... En y arrivant par la rue de Seine, c'est à gauche, vers le milieu.

— Ah! voilà! vous m'en direz tant, que je lui réponds, moi j'y suis entré par l'autre bout — qui donne faubourg Saint-Martin, et c'est sans doute pour ça que je n'ai pas pu trouver, ça m'aura fait tromper.

Il n'y a pas à en douter; mais votre maître aura bien vu qu'il y avait de sa faute?

Nicodème. Lui! c'est un entêté, qui m'a été chercher un tas de ragots pour me prouver qu'il y avait deux rues des Marais

— une de l'autre côté de la Seine, l'autre de ce côté-ci du canal (c'est à en perdre la tête des choses pareilles); qu'avant de partir il me l'avait bien expliqué; et voilà comme c'est toujours avec lui, il se figurait me l'avoir dit, il ne m'en avait rien dit du tout, et j'en ai été pour ma course et pour des mauvaises raisons. Qu'est-ce que vous en dites, vous? Ne trouvez-vous pas que c'est bien agréable d'avoir un maître comme *ça?* Ah! j'aurais mieux fait de rester chez nous, j'aurais pu être berger, c'est un état libre, au lieu que quand on est domestique... Enfin, ce que j'en ai fait, c'est par amitié, il ne faut pas que je le regrette... N'est-ce pas, monsieur Richard?...

D'autant plus que, dans le fond, Beauvisage n'est pas méchant, et si vous faisiez plus d'attention, si vous réfléchissiez un peu...

Nicodème. Réfléchir?... *ça* m'est impossible, je ne le peux pas, — le jour, *ça* m'ahurit, — le soir, *ça* m'endort : c'est comme quand je veux parler politique avec le concierge d'en bas, tout de suite le mal de tête me prend, parce que c'est trop fort pour moi, *ça* ne va pas à mon tempérament, qui est très-délicat... ça me tape sur les *nerfles.*

Alors c'est différent; mais, dites-moi, puisque vous ne pouvez pas parler politique, qu'est-ce que vous pouvez faire chez le concierge qui ne parle pas d'autre chose, du matin au soir?

Nicodème. J'y dînais, et je m'endormais après, pour ne pas faire de cuisine... car celle du traiteur à côté est trop mauvaise. — Ainsi, tel que vous me voyez, j'adore la soupe aux choux, avec du lard dedans. Eh bien, la dernière fois que j'en ai fait venir de chez le restaurant dont je vous parle, la soupe sentait la fumée... et le lard était un morceau de caoutchouc. Et puis quand je suis allé me plaindre au bourgeois, savez-vous ce qu'il m'a répondu avec son tablier et son bonnet de coton — très-blancs, par exemple :

— Bah! bah! il ne faut pas être difficile comme ça... tous ceux qui mangent ici l'ont trouvé bonne, et une supposition qu'il aurait un coup de feu — le lard — il n'y a que la première bouchée qui sent...

— Comme si on pouvait commencer par la première, dis-je en riant.

— Pardine, certainement que non, on ne le peut pas, répondit Nicodème. — Aussi je ne lui prends plus rien. C'est comme le portier, je ne veux plus y dîner. — Je ferai ma cuisine moi-même, et je mangerai ici; aussi bien, quand je suis plusieurs à table, *ça* me gêne, je ne mange pas à mon appétit.

Ainsi que vous pouvez le croire, mon cher petit lecteur, les espérances du père Cochegru ne s'étaient pas réalisées en ce qui touchait son fils Nicodème, et le séjour de Paris, sur lequel il avait compté pour le déniaiser, le *dégourdir*, ainsi que le bonhomme l'avait dit, loin de l'améliorer, développait en lui chaque jour de mauvaises qualités, parmi lesquelles brillaient au premier rang la gourmandise, la paresse, la curiosité.

C'est pourquoi le jeune Beauvisage regrettait fort d'avoir cédé aux instances de son *quasi* frère de lait, et pourquoi il se proposait de le renvoyer dans sa famille dès qu'il pourrait le faire sans trop chagriner Nicodème et ses honnêtes parents.

VIII

BÊTISE ET MALADRESSE.

A saison des bals était arrivée; le jeune maître de Nicodème, qui avait été invité dans plusieurs maisons riches et honorables, dut s'occuper à remonter sa toilette, et commanda à son tailleur un habillement noir complet.

Le matin du jour fixé, celui-ci apporta le tout, et jugea, après l'avoir essayé à son client, que le pantalon avait besoin d'une légère retouche : Je le remporte avec moi; mais ce soir, si vous voulez bien l'envoyer chercher vers huit heures, il sera prêt, et vous m'aurez rendu un vrai service, car je suis si pressé en ce moment que je craindrais de n'avoir personne de disponible à cette heure-là.

— Voilà qui est convenu, je vous enverrai Nicodème, dit Isidore; et toi, ajouta-t-il en s'adressant à ce dernier, lorsque le tailleur eut fermé la porte derrière lui, il faut que tu fasses

Nicodème tombe maladroitement en courant.

preuve de goût et que tu m'ailles acheter des bas de soie blancs...

— Où çà, Monsieur, dit Nicodème avec empressement, j'y vole et je reviens.

— Oh! tu as tout le temps, je sors et je ne reviendrai que vers sept heures; ce sera le moment d'aller chercher mon pantalon, et je t'attendrai pour m'habiller.

— Ce ne sera pas long, car votre tailleur est au bout du Palais-Royal, je n'aurai que la galerie à traverser... et puis je me dépêcherai, je ne ferai qu'un saut.

— Tu ne saurais en faire davantage, dit son maître en riant du mauvais jeu de mots qui lui arrivait à l'esprit. Je serai rentré pour sept heures, ajouta-t-il, ne te mets pas en retard pour la commission que je t'ai donnée, et que je te retrouve ici, avec mes bas.

A peine son maître fut-il parti, que Nicodème, qui voulait faire son emplette au jour, se mit en route pour aller chez un bonnetier. Afin d'acheter ce qu'il y avait de mieux, il s'en alla de suite dans l'un des plus grands magasins de Paris qu'il avait remarqué en faisant ses courses dans le haut du faubourg Saint-Honoré. Une fois là, il se fit déplier plus de cent paquets de bas de soie, ne trouvant rien d'assez beau pour son *quasi* frère de lait, qui, en lui remettant deux napoléons, lui avait dit d'en choisir deux paires, tout ce qu'il y avait de mieux. L'impatience commençait à se montrer sur le visage du commis qui servait Nicodème, lorsqu'enfin celui-ci se décida pour deux paires de bas de Paris du prix de quatorze francs : Tenez, dit-il au jeune homme qui le servait, payez-vous, voici quarante francs; mais au moment même où il allongeait les deux pièces d'or, une réflexion lui vint qui les lui fit retenir dans sa main, au lieu de les poser sur le comptoir : — Une minute, dit-il, laissez-moi donc voir. Et dépliant les bas, il s'écria après les avoir attentivement regardés : Pourquoi voulez-vous me tromper; — est-ce que vous me croyez assez simple pour ne pas m'apercevoir que tous ces bas-là sont de la même jambe? — Et là-dessus, il sortit majestueusement en rejetant les bas sur le comptoir.

Sur sa route, il entra dans une autre boutique, et sur l'exhibition de nouveaux bas, il fit la même observation; mais le commis auquel il avait affaire était d'une humeur joviale, et lui répondit : Nous n'en avons pas d'autres pour aujourd'hui, parce que nous voulons nous défaire de ceux-ci; mais repassez la semaine prochaine, il nous en sera arrivé d'autres de la fabrique, et il remit au jeune Cochegru une adresse de la maison.

Contrarié de ne pas trouver ce qu'il voulait, Nicodème entra encore dans plusieurs magasins, où on le prit pour un maniaque et pour un insolent; il arriva même que, dans l'un, le maître, qui s'était dérangé de son dîner, le mit dehors à grands coups de serviette; ce que voyant, Nicodème revint à la maison l'oreille basse, en retard et sans avoir poussé ses recherches plus loin. Son maître l'y attendait furieux, qui, sur le récit de cette nouvelle ânerie, l'appela derechef — idiot, stupide, imbécile et double Jocrisse, pendant qu'il bousculait tous ses tiroirs pour y trouver une paire de bas de soie de l'année d'avant qui fût mettable encore : Voyons, voyons, dit-il enfin, ne reste pas là avec une mine consternée, qui ne répare rien et ne te rendra pas plus spirituel, cours vite chez mon tailleur, — huit heures vont sonner, et je dois me trouver boulevard de l'Arsenal avant qu'il en soit neuf.

Nicodème ne se le fit pas dire deux fois, et tout en se dépêchant pour faire sa commission, il se disait : Il y a des gens au vis-à-vis desquels on ne sait comment faire; que je ne regarde pas aux bas que maman me tricotte, ça se conçoit, parce que personne n'y fera attention; mais pour un homme qui se met bien, comme voilà mon maître, c'est autre chose; ainsi je voudrais bien voir ce qu'il dirait si on lui apportait des gants de la même main... lui qui ne veut pas seulement qu'ils fassent le plus petit pli! Eh bien, moi, je suis sûr d'une chose, c'est que si j'avais pris ceux qu'on m'a montrés, il me les aurait jetés à la figure.

Tout en se parlant ainsi à lui-même à demi-voix, Nicodème arriva chez le tailleur, qui lui remit le pantalon négligemment enveloppé dans une demi-feuille de journal. Le voilà donc qui traverse le Palais-Royal au pas accéléré, tenant sous son bras le paquet précieux, lorsqu'au beau milieu de l'une des galeries, devant une boutique que des peintres sont en train de nettoyer, il trébuche sur des pois sus semés par quelques farceurs pour faire tomber les promeneurs, et du même coup le pantalon tombe dans un énorme seau, rempli d'un mélange d'eau de Seine et d'eau seconde. Vous jugez dans quel état il lui fut remis; mais ce que vous ne sauriez vous imaginer, c'est la stupéfaction d'Isidore Beauvisage à la vue de son pantalon ruisselant de cette eau malpropre. Il en fut tellement saisi qu'il n'adressa pas une parole au malencontreux messager, dont la maladresse et la bêtise étaient telles que pas un jour ne se passait sans qu'il en fournît un échantillon. Heureusement aussi qu'à ce moment-là je vins voir le jeune Beauvisage, et que, grâce à des vêtements que je m'étais fait faire tout récemment, je pus le tirer d'embarras, car nous étions presque de même taille.

Nicodème Cochegru (dit Jocrisse) fait écrire à ses parents.

IX

LETTRE DE NICODÈME A SES PARENTS.

CEPENDANT Nicodème avait le cœur gros. Que son maître ne l'eût pas grondé la veille, c'était quelque chose, sans doute; mais il pensait avec tristesse que malgré toute sa bonne volonté et malgré que toujours il eût pris les intérêts de son maître, il ne réussissait à rien.

Ce fut sous l'impression de ces tristes pensées qu'il s'en vint me prier d'écrire à ses parents pour leur faire part d'un projet qu'il avait formé.

Je pris donc la plume pour écrire sous la dictée de Nicodème, qui l'entremêla d'énormes soupirs :

Mon cher père et ma chère mère,

La présente est pour vous dire que l'air de Paris, sur lequel vous aviez compté pour me perfectionner dans les qualités que j'ai et m'en donner d'autres, n'en a rien fait. C'est pourquoi M. Isidore, qui est excellent, mais pas trop patient, — et pourquoi se gênerait-il avec son frère de lait?— ne cesse de m'appeler idiot et Jocrisse. Un individu tout pareil à moi (je ne voulais pas le croire, et je suis été au théâtre des Variétés pour m'assurer de la chose), tout pareil à moi, en ce qu'il n'a que de bonnes intentions et ne fait que des sottises, et aussi par sa veste, ses bas, sa culotte, ses cheveux, si bien que pendant plusieurs jours, quand je me regardais, je me prenais pour lui.

La différence est, entre lui et moi, que moi, j'aime mon maître, et que lui... je n'en sais rien.

Mais aussi mon frère de lait le mérite si bien... car l'humeur qu'il a par moments vient de ce que n'étant pas au courant, je fais des quiproquos qui, quoique n'étant pas de ma faute, le taquinent on ne peut pas plus. Du reste, toujours aimable et riant au possible, et avec ça de l'esprit!... que moi-même, qui devrais y être habitué, je ne le comprends pas toujours; c'est pourquoi je ne sais pas comment je pourrai me passer de sa société; mais comme je vois qu'avec mon caractère et ma simplicité, je ne rends pas mon maître heureux, c'est moi qui veux le priver de la mienne; il ne retrouvera peut-être pas un domestique plus fidèle, ni qui lui *soie* plus attaché, mais il en trouvera de plus dégourdis et qui connaissent mieux la besogne.

Nous disons donc que, puisque la Fanchette me trouve bien comme je suis, et que moi, je la trouve bien comme elle est avec ses beaux yeux pareils à des pruneaux ; je veux retourner au pays, épouser la Fanchette et vivre tous ensemble. Son bonhomme de père m'a dit quand je lui ai parlé de ce que j'aime sa fille : « Je te la donnerai pour femme, quand t'auras devant toi cent écus gagnés par ton travail, j'en ai déjà près de la moitié, dès que j'aurai le reste je quitterai Paris ; quant à mon frère de lait, je le verrai aux vendanges puisqu'il vient au pays à ce moment, si le reste du temps il s'ennuyait de moi, nous pourrons nous écrire, la poste n'est pas faite pour les chiens.

Voilà ce que je voulais vous dire, ensuite de quoi, mon très-cher père et ma très-chère mère, je suis pour la vie votre fils.

JEAN-GILLES-NICODÈME COCHEGRU.

Le mélange de bonhomie et de bêtise qui se trouvait dans la lettre du pauvre garçon, et surtout cet effort qu'il se faisait à lui-même de quitter son maître qu'il aimait, afin de le savoir plus heureux et plus satisfait, me rendirent pensif et m'attristèrent; je me sentais ému de penser que dans la nature la plus inculte et la moins intelligente il y a toujours de bons sentiments de cachés. Je me chargeai donc de mettre la lettre de Nicodème à la poste afin de pouvoir la lire à son maître avant de l'envoyer, ce que je fis.

— Pauvre Nicodème ! dit Isidore après cette lecture, tout idiot qu'il soit quand je ne l'aurai plus là, je regretterai plus d'une fois son affection, car c'est un vrai caniche pour l'attachement, une qualité plus rare qu'on ne pense !

X

UNE MISSION DE CONFIANCE.

Cette matinée-là fut donc une des plus heureuses qu'eût passé Nicodème, car son maître pour le dédommager de ce qu'il avait pu lui dire de désagréable dans certaines circonstances, le traita comme il le faisait lorsqu'il allait le voir au pays, c'est-à-dire, avec amitié, patience et douceur.

Il lui donna même une commission qui flatta excessivement le jeune bas Normand, il s'agissait d'aller place du Palais-Royal porter chez un certain M. Flouchaud une somme de dix mille francs en billets de banque, paiement de vingt actions au porteur d'une entreprise industrielle dont ce M. Flouchaud était le directeur.

Or, il est bon que vous sachiez que de grands avantages étaient attachés à ces actions, lesquelles devaient rapporter d'énormes bénéfices, et que M. Flouchaud, étant venu la veille voir M. Isidore, lui en avait laissé vingt, contre lesquelles le jeune Beauvisage était convenu de lui envoyer dix mille francs qui lui appartenaient personnellement, étant le fruit de ses bénéfices dans son association avec son père.

Prêt à partir, Nicodème dit à son maître, faut-il demander un reçu. C'est inutile, répondit Isidore, je suis payé d'avance, j'ai les vingt actions.

Le dernier rejeton des Cochegru, s'en alla donc la tète haute et tenant serrée dans sa main la lettre qui renfermait le dépôt précieux; peu de temps après il était de retour et disait à son maître qu'il avait bien trouvé l'adresse, qu'il était monté au premier..... qu'il avait vu M. Flouchaud, et que l'affaire était terminée.

Eh bien, ma foi, j'en suis charmé, me dit Isidore (car en l'absence de Nicodème j'étais descendu travailler à mon bureau) — c'est une bonne affaire, un petit commencement de fortune personnelle, qui grossira rapidement si j'en crois les promesses et les prospectus de M. Flouchaud — un habile homme..... celui-là.

Le reste de la journée fut employé à vérifier nos comptes, car je devais partir sous peu de jours pour les affaires commerciales de la maison Beauvisage; cela fut cause qu'en nous séparant, Isidore me demanda de venir déjeuner avec lui le lendemain; tout en acceptant, je regardai Nicodème pour lequel ma présence était d'ordinaire un sujet de joie, et chose singulière, il ne me sembla même pas qu'il eut entendu l'invitation de son maître, tant il me parut enfoncé dans ses réflexions. Aussi, profitant d'un moment où son maître n'était pas là, je lui dis en lui frappant amicalement sur l'épaule : Eh quoi ! vous réfléchissez donc maintenant ? vous qui me disiez dernièrement que la réflexion vous rendait malade, vous y avez donc pris goût à la fin, et cela ne vous endort plus ?

— Dormir ? Oh ! je crois bien que je ne dormirai pas cette nuit, me dit Nicodème d'un ton que je ne lui avais jamais vu, et les dix mille francs de la commission d'hier me causeront peut-être bien du tintouin !

Plus surpris que je ne puis le dire, et n'osant me livrer aux suppositions qui m'arrivaient en foule, j'allais demander une explication à Nicodème, lorsque son maître, revenant, m'emmena, car nous avions des courses à faire ensemble.

XI

LE SECRET DE JOCRISSE.

Savez-vous de quoi se composaient les déjeuners de Nicodème et de son maître, et vous avez vu à l'œuvre le jeune Cochegru devant un pâté, du jambon, une terrine de foie et du dessert; ajoutez-y un poulet rôti, du vin de bordeaux, du champagne, et vous aurez le menu du repas de garçon auquel j'avais été invité par Isidore.

D'abord nous ne pensâmes qu'à jouer des mâchoires; mais quand notre première faim fut apaisée, nous commençâmes à causer de choses et d'autres; tout d'un coup, Isidore me demanda si j'avais lu dans mon journal la disparition d'un riche banquier qui venait de passer en Amérique, emportant avec lui des sommes énormes qui lui avaient été confiées par d'imprudents clients. Au moment où j'allais répondre, les yeux d'Isidore et les miens se fixèrent sur Nicodème, dont le regard brillant, le sourire épanoui, semblaient dire que l'aventure dont son maître me parlait, loin de lui déplaire, éveillait en lui des idées joyeuses.

— Voilà qui est fort! m'écriai-je; on dirait que cela t'amuse de savoir que de braves gens ont été dépouillés par un fripon?

— Il y a plus fort que *ça*, dit Nicodème, et si je n'avais pas craint de surprendre mon maître d'une manière désagréable... et de lui faire de la peine,... je vous aurais déjà dit une nouvelle...

— Encore une bêtise, j'en suis certain, dit Isidore, qui se trouvait fort en gaîté; mais c'est égal, va toujours ton train, — conte-nous ta nouvelle. — Je suis calme, — content, — j'ai de la patience jusqu'au bout des ongles. — Je t'écoute.

— Est-elle ancienne ou d'aujourd'hui, ta nouvelle? dis-je à mon tour; car l'air indécis et la figure extraordinaire de Nicodème me donnaient envie de rire à mon tour.

— Oh! vous pouvez rire, vous, monsieur Richard, — la nouvelle ne vous regarde pas; — quant à être vraie, je la tiens du facteur dont le frère est *tâteur* au chemin du fer du Nord...

— Un tâteur; qu'est-ce que c'est que ça? s'écria Isidore en éclatant d'un fou rire.

— Eh! mon Dieu! vous comprenez bien que je veux dire un de ces employés qui tâtent les voyageurs et visitent leurs paniers, lorsqu'ils reviennent à Paris... un rat de cave du chemin de fer, quoi...

Intelligence et honnêteté de Nicodème Cochegru rapportant l'argent de son maître.

— Ah! dis-je, c'est d'un employé de l'octroi que tu veux parler.

— C'est possible : il racontait donc ce matin à son frère le facteur, qu'hier au soir il avait vu arrêter le directeur d'une entreprise. — Vous savez ce que c'est; mais, moi, je ne pourrais pas vous l'expliquer.

— Elle est bien longue, ton histoire, et bien entortillée, dit Isidore, sans compter que je ne vois pas trop en quoi elle peut nous intéresser.

— Ah! pardon, Monsieur; — quant à ça, elle vous intéressera, — et beaucoup même, repartit Nicodème avec une gravité que je ne lui avais jamais vue; et, reprenant le fil de son récit : Nous disions donc que la police ayant été avertie, le commissaire est venu l'arrêter au moment où il allait filer... Et comment, je vous prie?... avec des lunettes vertes, une bosse artificielle, une perruque de cheveux blancs, et, par dessus, un bonnet de coton de soie noire pour se donner une figure respectable : de plus, il avait dans ses poches, en or, en argent, en billets, une cent soixante et quinzaine de mille francs qu'il avait ramassés, un peu ici, un peu là, dans les poches des uns et des autres — et dans la vôtre... Oui, voilà ce que c'était que ce monsieur Flouchaud, qui vous a si bien entortillé... et direz-vous encore que c'est un malheur, et que *ça* ne vous regarde pas?...

— Comment, M. Flouchaud?... Est-ce possible, ce que tu

nous racontes là?... Ah! mon envie de rire est passée, par exemple!

— Je le crois, reprit Nicodème, et peut-être bien aussi que vous regrettez votre argent... celui que vous m'avez envoyé lui porter hier matin...

— Oh! le bandit! s'écria Isidore en serrant les poings; — mais il n'y a plus de sûreté pour personne avec de pareils fripons!...

— Mais si, mais si, Monsieur, et vous pouvez être tranquille à présent, puisque le commissaire l'a fait monter dans un fiacre et conduire en prison.

— Sans doute que c'est ce qu'il avait de mieux à faire; mais c'est égal, j'aurai fait là une belle équipée!

— Et dire que vous ne vous êtes méfié de rien... Tout le monde ne vous ressemblait pas, par exemple; car hier, quand je suis arrivé chez M. Flouchaud, il y avait dans son bureau deux messieurs qui redemandaient leur argent; et comme il les remettait à plus tard, ils lui ont dit : Oui, pour vous donner le temps de passer en Belgique avec nos fonds; mais la police y veillera, et elle y a veillé comme vous voyez.

— Sans doute; mais mon argent n'en est pas moins flambé, grâce à ta bêtise; car, puisque tu avais entendu ce colloque, tu devais venir m'avertir.

— Oui, pour que vous me traitiez encore d'imbécile, de sot, de Jocrisse... que même le nom m'en restera, et qu'on ne m'appelle plus que comme *ça* dans le quartier... Mais c'est égal, allez, et malgré l'histoire de la lettre et du parapluie, où vous n'avez pas été juste envers moi, je me suis dit qu'un bon domestique devait toujours prendre les intérêts de son maître... quand même ce maître devrait en être mécontent, lui dire de mauvaises raisons, parce qu'au moins il aurait toujours la satisfaction de sa conscience...

C'est pourquoi je n'ai fait qu'à ma tête; que je me suis moqué de vos ordres; que je me suis risqué encore cette fois ici; et... voilà votre argent : à présent, traitez-moi de bête et de nigaud, je m'en moque, malgré que j'aime bien mieux quand vous êtes de bonne humeur. Mais votre intérêt avant tout; voilà comme je suis quand j'aime les gens, moi! Ai-je bien fait?

Isidore et moi, nous étions restés stupéfaits en écoutant ce déluge de paroles; mais la fin du discours de Nicodème, à laquelle nous nous attendions si peu, nous attendrit par sa naïveté; car il est bien certain que si Nicodème s'était *risqué* (ainsi qu'il le disait si bien) après tant d'expériences malheureuses, c'était par suite de son extrême attachement pour son maître, dont les intérêts lui étaient sacrés, aussi en *reçut*-il la récompense.

— Ma foi, j'ai joué de bonheur, dit Isidore; mais il ne suffit pas d'être heureux, il faut être reconnaissant; penses-tu comme moi?

— Sans doute, quand on ne veut pas être ingrat. Mais, moi aussi, je suis heureux, si vous êtes content!

— Si content, que je veux te garder ici jusqu'aux vendanges, une fameuse époque, n'est-ce pas? — Alors je te reconduirai, tu épouseras Fanchette, je serai de la noce, et de plus je veux être le parrain de ton premier enfant. Et comme je sais qu'il te faut cent écus pour avoir le consentement du père de ta future, et que je veux que tu sois à ton aise dans ton ménage, voici un des billets de mille francs que tu m'as sauvés. Pour tes gages, nous les réglerons au moment de partir.

— Mes gages! — Vous ne voudriez pas m'humilier, pas vrai? Eh bien! je n'en veux pas; je veux que tout se passe d'amitié entre nous; je vous aurai servi pour le plaisir d'avoir votre société, d'être auprès de vous. — Pour ce qui est des mille francs, je les accepte, et lorsque j'aurai des enfants, je les enverrai à l'école, afin qu'un jour on ne les appelle pas Jocrisse comme moi; — enfin, vous me comprenez, dans la famille des Cochegru, je veux être le dernier Jocrisse.

FIN.

TABLE DES MATIÈRES.

FIN DE LA TABLE.

EN VENTE A LA MÊME LIBRAIRIE

BIBLIOTHÈQUE DU PREMIER AGE

LE ROBINSON DES MERS

Ou le naufrage de la Tisiphone, par *A. de Saillet*, illustré de 8 superbes gravures à 2 teintes. 1 très-beau volume in-4°; riche cartonnage avec couverture spéciale en 6 couleurs.

GRAND ALPHABET IMPÉRIAL

Anecdotes et récits historiques, par *A.-C. Bouyer*, illustré de charmantes gravures à 2 teintes et orné de jolies vignettes également à 2 teintes et spéciales pour chaque lettre, par *Victor Adam*. 1 très-beau vol. in-4°; riche cartonnage avec couverture spéciale en 6 couleurs.

POLICHINELLE EN VACANCES

Par Mme *Adrienne de Frêne*, illustré de 8 superbes gravures à 2 teintes par *Bertrand*. 1 très-beau vol. in-4°, riche cartonnage avec couverture spéciale en 6 couleurs.

LES MÊMES OUVRAGES, gravures coloriées avec soin, richement cartonnés, t. b.

Saint-Denis. — Typographie de A. Moulin.

www.ingramcontent.com/pod-product-compliance
Ingram Content Group UK Ltd.
Pitfield, Milton Keynes, MK11 3LW, UK
UKHW020423180726
13839UKWH00003B/1377